Mon ami Frédéric

FichesdeLecture.com

Mon ami Frédéric
(Fiche de lecture)

I. INTRODUCTION

Hans Peter Richter est un écrivain et psychosociologue allemand né en 1925 à Cologne et mort en 1993. Dans *Mon ami Frédéric* il dénonce la persécution des Juifs avant et pendant la Seconde Guerre mondiale. L'auteur a lui-même assisté pendant son enfance à la propagande nazie et à l'accession d'Hitler au pouvoir et sa dictature.

L'histoire se déroule en Allemagne, de 1925 à 1942, deux enfants naissent à une semaine d'intervalle. L'un, le narrateur, est allemand, l'autre, Frédéric Schneider, est juif. Une profonde amitié lie les garçons qui vivent dans le même immeuble.

Ce roman a été traduit de l'Allemand en Français par Christiane Prélet en 1963.

II. RÉSUMÉ DU ROMAN

Nous sommes en Allemagne, en 1925, deux petits garçons naissent à une semaine d'intervalle. L'un, le narrateur, est Allemand, l'autre, Frédéric Schneider, est juif. La famille Schneider vit confortablement dans un appartement qu'ils louent chez M. Resch, au-dessus de celui partagé par les parents du narrateur. Sa famille est pauvre car le père est au chômage. Les deux garçons se lient très vite d'amitié et deviennent inséparables.

Un jour d'hiver 1929, Frédéric est traité de « sale petit juif ». À partir ce moment, la famille Schneider subit toutes sortes d'injustices sur sa religion, notamment lorsque le grand-père du narrateur lui interdit de voir son ami ou encore l'interdiction d'acheter dans les magasins. Le propriétaire tente aussi d'exclure la famille Schneider de leur appartement, le père de Frédéric est licencié et le garçon doit changer d'école, enfin on leur interdit de fréquenter le cinéma ou la piscine. À partir de 1933 les persécutions vis-à-vis des Juifs s'intensifient. Chaque jour, ils sont un peu plus insultés, pillés, humiliés, chassés. Frédéric est mis à l'écart, insulté, lui et sa famille doivent survivre, leur propriétaire M. Resch veut les expulser, mais le président du tribunal n'est pas de son côté et il doit retirer sa plainte.

Le père du narrateur, qui a adhéré au parti nazi pour trouver un emploi conseille alors à M Schneider de quitter L'Allemagne, mais il refuse. Le narrateur rentré dans les jeunesses hitlériennes ne comprend pas le sens de toutes ces horreurs. Il assiste, impuissant à la montée de la haine contre les juifs. L'appartement des Schneider est saccagé ce qui achève la mère de Frédéric, avec son père ils sont contraints de travailler clandestinement pour survivre. Son père est arrêté, en compagnie du rabbin, par la police. Frédéric se retrouve seul et doit se cacher. Il demande alors aux parents du narrateur de récupérer une photo de sa famille, du temps où ils étaient heureux...

Arrive une série de bombardements, où tout le monde se réfugie à l'abri, mais M. Resch refuse l'entrée de l'abri à Frédéric. Après les bombardements, le narrateur et ses parents, qui ne l'ont jamais repoussé ni abandonné, découvrent Frédéric allongé sur le sol. M. Resch en profite alors pour lui donner un coup de pied, mais Frédéric est déjà mort, le corps désarticulé, du sang coulant de sa tempe.

III. PRÉSENTATION DES PERSONNAGES

Frédéric

C'est le jeune héros du roman, personnage central on connaît son enfance puis son adolescence et enfin sa mort. Au début du récit c'est un enfant joyeux, rieur et insouciant.

Il est juif et apparaît beaucoup plus mûr que son ami, un jour où il assiste, en compagnie du narrateur, à une réunion organisée par les jeunesses hitlériennes, il devient adulte et comprend que la vie ne sera plus comme avant pour lui et sa famille. Courageux, il se renforce pour faire face à la honte et à l'injustice dont il est victime à l'école, dans la rue... La vue de son père en larmes lorsqu'il perd son emploi aux Postes et la mort de sa mère achevèrent de faire de lui un adulte précoce. Il est solitaire et responsable.

À la fin du récit, il meurt seul, sans parents ni amis face à son immeuble dont on lui avait refusé l'accès malgré les bombardements.

Le narrateur

Il est né en 1925, à l'instar de Frédéric. L'auteur ne nous précise pas son prénom, en effet il n'occupe que la place de témoin, d'observateur dans le roman.

C'est un témoin muet de l'Histoire qui a ravagé son pays, il ne comprend pas ce qu'il se passe, il assiste impuissant à la propagande nazie et la montée de l'antisémitisme. Il accorde une immense importance à son amitié avec Frédéric, mais, influencé par les jeunesses hitlériennes, il s'en éloigne et participe au pogrom, mouvement généralisé visant la destruction des Juifs et détruit un foyer juif en y prenant plaisir. Cependant l'auteur ne le juge pas, il n'a pas agi par haine raciale, mais poussé par l'euphorie générale qui animait son quartier.

Au cours de son enfance, il a partagé les rites et coutumes de la famille juive qui l'accueille très souvent, jeune garçon naïf, il ne se rend pas compte qu'en étant dans les jeunesses hitlériennes il cautionne l'antisémitisme et la perte de son ami.

M. Schneider

C'est un homme bon et généreux, il tente de faire face à la situation avec beaucoup de courage et de dignité. Il déclare au père du narrateur, qui le met en garde contre l'antisémitisme grandissant : « *Dieu a donné aux Juifs une mission qu'ils doivent accomplir. Depuis que nous avons quitté notre patrie, nous sommes sans cesse persécutés. [...] Peut-être parviendrons-nous à mettre un terme à cette errance si nous cessons de fuir, si nous apprenons à supporter, à patienter, là où on nous a mis ?...* ». Il prend le risque de cacher un rabbin, ce qui le perdra.

Les parents du narrateur

Ce sont des gens assez pauvres au début du récit car le père est au chômage, comme beaucoup d'Allemands à cette époque ils subissent l'Histoire sans y participer. Le père s'inscrit au Parti nazi pour trouver du travail.

Il reste fidèle à ses voisins et informe M. Schneider de ce qui se passe dans les sphères du parti nazi et lui conseille de fuir l'Allemagne. À plusieurs reprises, ils viendront en aide aux Schneider, et en particulier à Frédéric à la fin du roman, au péril de leur vie.

M. Resch

C'est le propriétaire de l'immeuble. Ancien homme d'affaires qui a fait fortune, il profite des événements et adhère au Parti nazi avec force et conviction. Il devient d'ailleurs agent de la Défense passive. Il intente un procès aux Schneider pour les expulser. Il est passionné par son nain de jardin Polycarpe, symbole de sa maniaquerie et de son étroitesse d'esprit. M. Resch refuse l'entrée de l'abri à Frédéric alors qu'il y a des bombardements. Lorsqu'ils sortent de l'immeuble, il lui donne un coup de pied, mais Frédéric est déjà mort, le corps désarticulé, du sang coulant de sa tempe.

IV. AXES DE LECTURE

Le contexte historique

Le récit se déroule en Allemagne, de 1925 à 1942, ces dates correspondent à la montée du nazisme et l'accession au pouvoir d'Hitler. L'Allemagne qui est ressorti affaiblit et humiliée du premier conflit mondial est dans une mauvaise posture économique.

Le peuple allemand cherche un responsable, un bouc émissaire, à partir de 1933, Adolphe Hitler arrive au pouvoir, il avait déjà imposé petit à petit sa haine des Juifs, les fonctionnaires juifs sont renvoyés. Entre 1933 et 1938, les enfants juifs sont progressivement exclus des écoles allemandes. L'accès aux magasins, au cinéma à la piscine leur sont interdits. Ils doivent porter l'étoile jaune, et suivre un couvre-feu. De nombreux accès à l'emploi et à certaines professions leur sont également interdits. Ils ne peuvent plus circuler librement et ne peuvent plus sortir de chez eux après 20 heures. Ils ne sont plus traités et considérés comme des citoyens.

Toute la société les rejette, il devient difficile de garder des contacts avec des juifs, ceux qui le font sont menacés et ont peur d'être dénoncés. À partir de 1940, les Juifs allemands sont déportés, c'est certainement ce qui arriva à M. Schneider et au rabbin caché chez lui après leur arrestation.

Malgré leur réticence beaucoup d'Allemands se sont inscrits au parti nazi pour obtenir un emploi ou encore pouvoir offrir une éducation à leurs enfants dans les jeunesses hitlériennes à l'instar de la famille du narrateur.

L'amitié

L'amitié entre les deux garçons est un des fils conducteurs du récit, au début ils sont insouciants, naïfs et jouent ensemble, leur amitié est sincère et profonde. Le fait qu'ils soient nés à une semaine d'intervalle et qu'ils habitent dans le même immeuble les rapproche encore plus.

On remarque cependant que certaines choses les opposent dès leur naissance, la religion et le statut social. Mais dès leur plus jeune âge ce ne sont pas des obstacles, les Schneider reçoivent souvent le narrateur chez eux, allant même jusqu'à l'inviter à « la communion » de leur fils, à la synagogue permettant à l'adolescent de se familiariser ainsi avec les coutumes juives.

Comme les deux garçons jouent ensemble, les parents se rapprochent aussi, M. Schneider emmène toute la famille du narrateur à la foire. Leur amitié est mise à l'épreuve, mais les parents de l'auteur restent fidèles aux Schneider et le père qui a adhéré au parti nazi pour trouver un emploi met en garde M. Schneider des dangers qui les menacent. Après que l'appartement des Schneider ait été pillé, la famille du narrateur n'hésite pas à leur venir en aide. Enfin alors que Mme Schneider est morte et que M. Schneider a été arrêté ils recueillent Frédéric bravant ainsi les lois.

Un des moments forts du livre et de l'amitié entre les garçons apparaît lorsque le narrateur prend la défense de Frédéric, accusé à tort d'avoir brisé la vitrine d'un commerce, et qu'il se dénonce aux yeux de tous.

L'antisémitisme

« - Jeunesse Hitlérienne, je suis chargé de vous parler des Juifs, vous en connaissez tous ; mais vous savez peu de choses sur eux, il en sera autrement dans une heure, vous connaîtrez le danger qu'ils représentent pour nous et pour notre peuple.

Frédéric était assis un peu penché en avant, sur le banc à côté de moi, son regard était suspendu à l'orateur, la bouche entrouverte, il buvait chaque mot. Le bossu parut le sentir, on eu dit que son discours ne s'adressait qu'à Frédéric. Mais ses paroles s'imprimaient en nous tous, il s'entendait à faire vivre ce qu'il dépeignait.

-... Armé d'un grand couteau long comme mon bras, le prêtre juif s'approche de la vache, il lève lentement le couteau du sacrifice, l'animal se sent menacé de mort, il meugle, cherche à se dégager, mais le Juif ne connaît pas de pitié. Avec la rapidité de l'éclair, il plonge le couteau dans le cou, le sang jaillit, tout est souillé, la bête se démène furieusement, ses yeux sont révulsés d'angoisse... Le Juif impitoyable n'abrège pas les souffrances de l'animal sanglant, il s'en repaît, il lui faut du sang, il est là, il regarde l'animal peu à peu exsangue périr misérablement... Voilà ce qu'on appelle un sacrifice... Ainsi le veut le Dieu des Juifs.

Frédéric se penchait tant que je craignais de le voir tomber du banc. Livide, il respirait avec difficulté, les mains crispées sur les genoux.

Le bossu parla d'enfants chrétiens égorgés, de crimes perpétrés par les Juifs, de guerres ! Je frissonnais en l'écoutant. L'orateur termina ainsi :

- Je veux vous mettre dans le crâne une phrase, une seule et unique phrase que je répéterais sans fin, à satiété : "Notre malheur, ce sont les Juifs", et encore : "Notre malheur, ce sont les Juifs", et toujours : "Notre malheur, ce sont les Juifs".

Epuisé, en sueur, l'avorton se tut, debout sur sa caisse d'oranges.

Le silence régnait, puis le bossu pointa le doit en direction de Frédéric.

- Répétez la phrase !

Comme Frédéric ne bougeait pas, il se fit plus impérieux :

- Répétez la phrase !

La voix de l'orateur lui manqua, il sauta de la caisse et vint, le doit tendu, vers Frédéric, qui avalait sa salive. Le bossu était juste devant lui, les yeux comme fous ; il saisit Frédéric par son foulard, fit remonter tout doucement l'anneau de cuir et dit d'une voix sifflante :

- Répétez la phrase...

Frédéric murmura :

- Notre malheur, ce sont les Juifs.

Le bossu arracha d'une secousse Frédéric à son banc.

- Lève-toi quand je te parle, lui cria-t-il en plein visage, et fais-moi le plaisir de répondre à haute voix.

Frédéric se dressa ; il était tout livide, mais dit d'une voix nette :

- Votre malheur, ce sont les Juifs.

Le silence était total. Puis d'un seul coup, Frédéric tourna les talons, tellement vite que l'anneau de cuir resta dans la main du bossu. Personne ne l'empêcha de quitter le local. Moi, j'étais resté assis. »

L'antisémitisme est le nom donné à la discrimination, l'hostilité ou les préjugés à l'encontre des Juifs. C'est une des valeurs du parti nazi qui chasse les juifs et ne les considèrent plus comme des citoyens.

La propagande attise la haine contre les juifs responsables selon le parti de tous les maux de l'Allemagne. Certains Allemands obéissent aveuglément à cette propagande à l'instar de M. Resch qui adhère au Parti nazi avec force et conviction et devient agent de la Défense passive. Il intente un procès aux Schneider pour les expulser. M. Resch refuse l'entrée de l'abri à Frédéric alors qu'il y a des bombardements. Lorsqu'ils sortent de l'immeuble, il lui donne un coup de pied, mais Frédéric est déjà mort, le corps désarticulé, du sang coulant de sa tempe.

Enfin au cours du roman on assiste à la montée de l'antisémitisme à travers les yeux du narrateur qui n'est alors qu'un jeune homme qui ne comprend pas.

Dans la même collection en numérique

Escadrille 80

Inconnu à cette adresse

La controverse de Valladolid

Les Vilains petits canards

Une partie de campagne

Cahier d'un retour au pays natal

Dora Bruder

L'Enfant et la rivière

Moderato Cantabile

Alice au pays des merveilles

Le faucon déniché

Une vie

Chronique des Indiens Guayaki

Je voudrais que quelqu'un m'attende quelque part

La nuit de Valognes

Œdipe

Disparition Programmée

Education européenne

L'auberge rouge

L'Illiade

Le voyage de Monsieur Perrichon

Lucrèce Borgia

Paul et Virginie

Ursule Mirouët

Discours sur les fondements de l'inégalité

L'adversaire

La petite Fadette

La prochaine fois

Le blé en herbe

Le Mystère de la Chambre Jaune

Les Hauts des Hurlevent

Les perses

Mondo et autres histoires

Vingt mille lieues sous les mers

99 francs

Arria Marcella

Chante Luna

Emile, ou de l'éducation

Histoires extraordinaires

L'homme invisible

La bibliothécaire

La cicatrice

La croix des pauvres

La fille du capitaine

Le Crime de l'Orient-Express

Le Faucon malté

Le hussard sur le toit

Le Livre dont vous êtes la victime

Les cinq écus de Bretagne

No pasarán, le jeu

Quand j'avais cinq ans je m'ai tué

Si tu veux être mon amie

Tristan et Iseult

Une bouteille dans la mer de Gaza

Cent ans de solitude

Contes à l'envers

Contes et nouvelles en vers

Dalva

Jean de Florette

L'homme qui voulait être heureux

L'île mystérieuse

La Dame aux camélias

La petite sirène

La planète des singes

La Religieuse

1984 A l'Ouest rien de nouveau

Aliocha

Andromaque

Au bonheur des dames

Bel ami

Bérénice

Caligula

Cannibale

Carmen

Chronique d'une mort annoncée
Contes des frères Grimm
Cyrano de Bergerac
Des souris et des hommes
Deux ans de vacances
Dom Juan
Electre
En attendant Godot
Enfance
Eugénie Grandet
Fahrenheit 451
Fin de partie
Frankenstein
Gargantua
Germinal
Hamlet
Horace
Huis Clos
Jacques le fataliste
Jane Eyre
Knock
L'homme qui rit
La Bête humaine
La Cantatrice Chauve
La chartreuse de Parme
La cousine Bette
La Curée
La Farce de Maitre Pathelin
La ferme des animaux
La guerre de Troie n'aura pas lieu
La leçon
La Machine Infernale
La métamorphose
La mort du roi Tsongor
La nuit des temps
La nuit du renard
La Parure

La peau de chagrin
La Petite Fille de Monsieur Linh
La Photo qui tue
La Plage d'Ostende
La princesse de Clèves
La promesse de l'aube
La Vénus d'Ille
La vie devant soi
L'alchimiste
L'Amant
L'Ami retrouvé
L'appel de la forêt
L'assassin habite au 21
L'assommoir
L'attentat
L'attrape-coeurs
Le Bal
Le Barbier de Séville
Le Bourgeois Gentilhomme
Le Capitaine Fracasse
Le chat noir
Le chien des Baskerville
Le Cid
Le Colonel Chabert
Le Comte de Monte-Cristo
Le dernier jour d'un condamné
Le diable au corps
Le Grand Meaulnes
Le Grand Troupeau
Le Horla
Le jeu de l'amour et du hasard
Le Joueur d'échecs
Le Lion
Le liseur
Le malade imaginaire
Le Mariage de Figaro
Le meilleur des mondes

Le Monde comme il va

Le Parfum

Le Passeur

Le Petit Prince

Le pianiste

Le Prince

Le Roman de la momie

Le Roman de Renart

Le Rouge et le Noir

Le Soleil des Scortas

Le Tartuffe

Le vieux qui lisait des romans d'amour

L'Ecole des Femmes

L'Ecume Des Jours

Les Bonnes

Les Caprices de Marianne

Les cerfs-volants de Kaboul

Les contes de la Bécasse

Les dix petits nègres

Les femmes savantes

Les fourberies de Scapin

Les Justes

Les Lettres Persanes

Les liaisons dangereuses

Les Métamorphoses

Les Mouches

Les Trois mousquetaires

L'étrange cas du Dr Jekyll et de Mr Hyde

L'Ile Au Trésor

L'île des esclaves

L'illusion comique

L'Ingénu

L'Odyssée

L'Ombre du vent

Lorenzaccio

Madame Bovary

Manon Lescaut

Micromégas

Mon ami Frédéric

Mon bel oranger

Nana

Ne tirez pas sur l'oiseau moqueur

Notre-Dame de Paris

Oliver twist

On ne badine pas avec l'amour

Oscar et la dame rose

Pantagruel

Le Misanthrope

Perceval ou le conte du Graal

Phèdre

Ravage

Roméo et Juliette

Ruy Blas

Sa Majesté des Mouches

Si c'est un homme

Stupeur et tremblements

Supplément au voyage de Bougainville

Tanguy

Thérèse Desqueyroux

Thérèse Raquin

Ubu Roi

Un Barrage contre le Pacifique

Un long dimanche de fiançailles

Un secret

Vendredi ou la vie sauvage

Vipère au poing

Voyage au bout de la nuit

Voyage au centre de la terre

Yvain ou le Chevalier au lion

Zadig

À propos de la collection

La série FichesdeLecture.com offre des contenus éducatifs aux étudiants et aux professeurs tels que : des résumés, des analyses littéraires, des questionnaires et des commentaires sur la littérature moderne et classique. Nos documents sont prévus comme des compléments à la lecture des oeuvres originales et aide les étudiants à comprendre la littérature.

Fondé en 2001, notre site FichesdeLectures.com s'est développé très rapidement et propose désormais plus de 2500 documents directement téléchargeables en ligne, devenant ainsi le premier site d'analyses littéraires en ligne de langue française.

FichesdeLecture est partenaire du Ministère de l'Education du Luxembourg depuis 2009.

Plus d'informations sur www.fichesdelecture.com

Notes :